Cristal

Foto de Gisèle Celan-Lestrange

Paul Celan

CRISTAL

Edição bilíngue

Seleção e tradução
Claudia Cavalcanti

ILUMI/URAS

Copyright © 1999
Suhrkamp Verlag

Copyright © desta edição e tradução
Editora Iluminuras Ltda.

Capa
Eder Cardoso / Iluminuras

Revisão
Claudia Cavalcanti / Rose Zuanetti
Ana Luiza Couto

CIP-BRASIL. CATALOGAÇÃO-NA-FONTE
SINDICATO NACIONAL DOS EDITORES DE LIVROS, RJ

C386c
Celan, Paul, 1920-1970
    Cristal / Paul Celan ; seleção e tradução Claudia Cavalcanti. — São Paulo :
Iluminuras, 1999 (3º Reimp., 2014)

    192p. : il.

    Edição Bilíngue
    ISBN 85-7321-081-8

    1. Poesia alemã. I. Cavalcanti, Claudia. II. Título.

09-4599.   CDD: 831
                                   CDU: 821.111.2-1

03.09.09 11.09.09   015000

2017
EDITORA ILUMINURAS LTDA.
Rua Inácio Pereira da Rocha, 389 - 05432-011 - São Paulo - SP - Brasil
Tel./Fax: 55 11 3031-6161
iluminuras@iluminuras.com.br
www.iluminuras.com.br

ÍNDICE

NOTA SOBRE A TRADUÇÃO 13

de: ÓPIO E MEMÓRIA (1952)
aus: MOHN UND GEDÄCHTNIS

A areia das urnas 19
Der Sand aus den Urnen
Canção de uma dama na sombra 21
Chanson einer Dame im Schatten
Corona 25
Corona
Fuga sobre a morte 27
Todesfuge
(Do azul que ainda busca seu rosto) 31
(Vom blau, das noch sein Auge sucht)
(Quem arranca do peito seu coração) 33
(Wer sein Herz aus der Brust reißt)
Em viagem 35
Auf Reisen
Cristal 37
Kristall
(Estou só) 39
(Ich bin allein)

Os Cântaros 41
Die Krüge
(À noite, quando o pêndulo do amor oscila) 43
(Nachts, wenn das Pendel der Liebe schwingt)

de: DE LIMIAR A LIMIAR (1955)
aus: VON SCHWELLE ZU SCHWELLE

Ouvi dizer 47
Ich hörte sagen
No vermelho tardio 49
Im Spätrot
Luzir 51
Leuchten
Distâncias 53
Fernen
O hóspede 55
Der Gast
Assis 57
Assisi
(Fala também tu) 59
(Sprich auch du)

de: PRISÃO DA PALAVRA (1959)
aus: SPRACHGITTER

Flor 65
Blume
Tenebrae 67
Tenebrae

Prisão da palavra 71
Sprachgitter
Stretto 73
Engführung

de: A ROSA-DE-NINGUÉM (1963)
aus: DIE NIEMANDSROSE

(Havia terra neles) 89
(Es war Erde in ihnen)
(Ir-ao-fundo) 91
(Das Wort vom Zur-Tiefe-Gehn)
(Mudos aromas outonais) 93
(Stumme Herbstgerüche)
Salmo 95
Psalm
Errático 97
Erratisch
(Já não é mais) 99
(Es ist nicht mehr)
(Cortei bambus) 101
(Ich habe Bambus geschnitten)

de: MUDANÇA DE AR (1967)
aus: ATEMWENDE

(Confiante, podes) 105
(Du darfst)
(Nos rios ao norte do futuro) 107
(In den Flüssen nördlich der Zukunft)

(Diante de teu rosto tardio) 109
(Vor dein spätes Gesicht)
(Estar, na sombra) 111
(Stehen, im Schatten)
(Dique de palavras) 113
(Wortaufschüttung)
(Do grande) 115
(Vom großen)
(Um ribombar) 117
(Ein Dröhnen)
(Uma vez) 119
(Einmal)

de: SÓIS EM FIOS (1968)
aus: FADENSONNEN

(A marca de uma mordida) 123
(Die Spur eines Bisses)
(Eternidades) 125
(Ewigkeiten)
(Foste minha morte) 127
(Du warst mein Tod)
(As cabeças, monstruosas, a cidade) 129
(Die Köpfe, ungeheuer, die Stadt)
(A eternidade envelhece) 131
(Die Ewigkeit altert)
(Orvalho) 133
(Tau)

de: PRESSÃO DA LUZ (1970)
aus: *LICHTZWANG*

(Uma vez) 137
(Einmal)
(Pré-ciente sangra) 139
(Vorgewusst blutet)
(Quando me abandonei em ti) 141
(Wo ich mich in dir vergaβ)
(Como te extingues) 143
(Wie du dich ausstirbst)
(Os desaparecidos) 145
(Die entsprungenen)

de: NEVE REPARTIDA (1971)
aus: *SCHNEEPART*

(Ilegibilidade) 149
(Unlesbarkeit)
(Ouço, o machado floresceu) 151
(Ich höre, die Axt hat geblüht)
(O mundo tartamudeante) 153
(Die nachzustotternde Welt)
(Uma folha, desarvorada) 155
(Ein Blatt, baumlos)
(E força e dor) 157
(Und Kraft und Schmerz)
(Bon vent, bonne mer) 159
(Bon vent, bonne mer)
(A eternidade) 161
(Die Ewigkeit)

APÊNDICE

Carta a Hans Bender 165
(de 18 de maio de 1960)

O meridiano 167
(Discurso proferido no recebimento do "Prêmio Georg Büchner", em 1960)

NOTA BIOBIBLIOGRÁFICA 185

NOTA SOBRE A TRADUÇÃO

> "As línguas, por mais que pareçam corresponder entre si, são diferentes — cindidas por abismos. (...) O poema, o poema traduzido, se quiser estar outra vez presente na segunda língua, deve ter em mente esta diferença, esta cisão."
>
> P. Celan, em carta de 1960.

Desde que morreu em Paris, em 1970, aos quase 50 anos, Paul Celan vem sendo sistematicamente traduzido para as mais diversas línguas, a ponto de, em 1995, como parte das comemorações dos 25 anos de sua morte, ter sido organizado um simpósio de tradutores de Celan na capital francesa. Estavam presentes, entre outros, o tradutor croata, o árabe, o espanhol, a japonesa, o luxemburguense — uma prova de que, apesar da grande dificuldade, Celan é possível em outras línguas.

Um ano antes eu havia começado a selecionar e traduzir alguns poemas de Celan. A vontade surgiu quando, depois de terminar de traduzir Georg Trakl, publicado por esta mesma Editora, eu me vi impelida a me dedicar a outro poeta de língua alemã, animada com as boas críticas que recebera naquela minha primeira incursão tradutória na poesia. Um bom incentivador (involuntário) foi Ivo Barroso, que em sua resenha no Jornal do Brasil *citou Celan como um dos poetas que eu deveria traduzir (sem saber que eu já o estava fazendo); o outro foi Samuel Leon, meu amigo e editor, sempre receptivo às minhas sugestões de tradução.*

Portanto, em 1994, grávida e sem poder permanecer no computador para traduções mais longas a que estou acostumada, optei por debruçar-me sobre os poemas de Celan, lentamente, numa espécie de gestação poética de altíssimo risco, enorme responsabilidade.

A seleção dos poemas obedeceu a um caráter estritamente pessoal, em que levei em conta a minha empatia com um ou outro poema e a sua eficácia na língua portuguesa. No entanto, procurei incluir poemas de todos os livros de Celan, tentando oferecer ao leitor brasileiro uma visão reduzida, mas panorâmica, deste que foi um dos maiores poetas de língua alemã deste século. Suas obras reunidas estão publicadas sob o título Gesammelte Werke in Fünf Bänden, *editadas por Beda Allemann e Stefan Reichert, Frankfurt/M 1983, de cujos volumes I, II e III me servi como base para a seleção e tradução dos poemas e textos aqui incluídos.*

Em agosto de 1996 participei de um workshop *de tradutores brasileiros e alemães no Rio de Janeiro, patrocinado pelo Instituto Goethe daquela cidade, e levei para discussão o poema "Fuga sobre a morte". Embora ele aqui esteja um tanto diferente da versão que apresentei aos colegas, agradeço as sugestões recebidas e o novo incentivo, que me levou à reta quase final de tradução dos poemas de Celan.*

Terminada a tradução, restava-me submetê-la a algumas pessoas, amigas e/ou apreciadoras da poesia, e sobretudo compará-la a traduções de outras línguas a que tenho acesso. Para isso contei com a inestimável ajuda do poeta

Nelson Ascher, que me cedeu quase todos os livros que utilizei para esse fim. Numa ocasião, Nelson leu em voz alta a versão húngara da "Fuga" já citada (do poeta Laszlo Lator), que me pareceu, pela sua sonoridade, a mais próxima do original. As outras traduções que li, aproveitadas ou não, foram as seguintes:
- Poemas, *tradução de Flávio R. Kothe, Edição Espaço Brasileiro, Rio de Janeiro, 1977.*
- Sete rosas mais tarde - Antologia poética, *tradução de João Barrento e Y.K. Centeno, Editora Cotovia, Lisboa, 1993.*
- Grille de parole, *tradução de Martine Broda, Paris, 1991.*
- Contrainte de lumière, *tradução de Bertrand Badiou e Jean-Claude Rambach, Paris, 1989.*
- Strette & autres poèmes, *tradução de Jean Daive, Paris, 1990.*
- Poèmes, *tradução de André du Bouchet, Paris, 1986.*
- Muerte en fuga y otros poemas, *seleção e tradução de Rogelio Bazán, Buenos Aires, 1989.*
- De umbral en umbral, *tradução e notas de Jesús Munárriz, Madri, s.d.*
- Amapola y memoria, *tradução e notas de Jesús Munárriz, Madri, 1992.*
- Lectura de Paul Celan: Fragmentos, *tradução de José Ángel Valente, Barcelona, 1995.*
- Cambio de aliento, *tradução de Felipe Boso, Madri, 1983.*
- Breathturn, *tradução de Pierre Joris, Los Angeles, 1995.*
- Selected Poems translated by Michael Hamburger, *Londres/ Nova York, 1990.*

O caráter "vacante" da poesia de Paul Celan coloca à prova o talento e a atenção de qualquer tradutor, assim como a disposição do leitor para compreendê-la. Inevitavelmente, um processo de longa duração: minha filha Nina já tem quase três anos e só agora vem à luz esta interpretação de Celan, que, espero, seja tão bem-sucedida quanto a outra gestação.

Claudia Cavalcanti
São Paulo, junho de 1997

ÓPIO E MEMÓRIA

(1952)

MOHN UND GEDÄCHTNIS

DER SAND AUS DEN URNEN

Schimmelgrün ist das Haus des Vergessens.
Vor jedem der wehenden Tore blaut dein enthaupteter
                                              [Spielmann.
Er schlägt dir die Trommel aus Moos und bitterem Schamhaar;
mit schwärender Zehe malt er im Sand deine Braue.
Länger zeichnet er sie als sie war, und das Rot deiner
                                                       [Lippe.
Du füllst hier die Urnen und speisest dein Herz.

A AREIA DAS URNAS

Verde-mofo é a casa do esquecimento.
Diante de cada porta flutuante azuleja teu cantor
[decapitado.
Ele faz rufarem para ti os tambores de musgo e amarga vulva;
com artelho supurado risca na areia tua sobrancelha.
Desenha-a mais comprida do que era, e o vermelho de teus
[lábios.
Enches aqui as urnas e degustas teu coração.

CHANSON EINER DAME IM SCHATTEN

Wenn die Schweigsame kommt und die Tulpen köpft:
Wer gewinnt?
*   Wer verliert?*
*   Wer tritt an das Fenster?*
Wer nennt ihren Namen zuerst?

Es ist einer, der trägt mein Haar.
Er trägts wie man Tote trägt auf den Händen.
Er trägts wie der Himmel mein Haar trug im Jahr da ich
*   [liebte.*
Er trägt es aus Eitelkeit so.

Der gewinnt.
*   Der verliert nicht.*
*   Der tritt nicht ans Fenster.*
Der nennt ihren Namen nicht.

Es ist einer, der hat meine Augen.
Er hat sie, seit Tore sich schließen.
Er trägt sie am Finger wie Ringe.
Er trägt sie wie Scherben von Lust und Saphir:
er war schon mein Bruder im Herbst;
er zählt schon die Tage und Nächte.

CANÇÃO DE UMA DAMA NA SOMBRA

Quando vem a taciturna e poda as tulipas:
Quem sai ganhando?
            Quem perde?
                        Quem aparece na janela?
Quem diz primeiro o nome dela?

É alguém que carrega meus cabelos.
Carrega-os como quem carrega mortos nos braços.
Carrega-os como o céu carregou meus cabelos no ano em
                                            [que amei.
Carrega-os assim por vaidade.

E ganha.
        E não perde.
                    E não aparece na janela.
E não diz o nome dela.

É alguém que tem meus olhos.
Tem-nos desde quando portas se fecham.
Carrega-os no dedo, como anéis.
Carrega-os como cacos de desejo e safira:
era já meu irmão no outono;
conta já os dias e noites.

Der gewinnt.
    Der verliert nicht.
         Der tritt nicht ans Fenster.

Der nennt ihren Namen zuletzt,
Es ist einer, der hat, was ich sagte.
Er trägts unterm Arm wie ein Bündel.
Er trägts wie die Uhr ihre schlechteste Stunde.
Er trägt es von Schwelle zu Schwelle, er wirft es nicht fort.

Der gewinnt nicht.
    Der verliert.
         Der tritt an das Fenster.
Der nennt ihren Namen zuerst.

Der wird mit den Tulpen geköpft.

E ganha.
      E não perde.
            E não aparece na janela.

E diz por último o nome dela.
É alguém que tem o que eu disse.
Carrega-o debaixo do braço como um embrulho.
Carrega-o como o relógio a sua pior hora.
Carrega-o de limiar a limiar, não o joga fora.

E não ganha.
      E perde.
            E aparece na janela.
E diz primeiro o nome dela.

E é podado com as tulipas.

CORONA

Aus der Hand frißt der Herbst mir sein Blatt: wir sind Freunde.
Wir schälen die Zeit aus den Nüssen und lehren sie gehn:
die Zeit kehrt zurück in die Schale.

Im Spiegel ist Sonntag,
im Traum wird geschlafen,
der Mund redet wahr.

Mein Aug steigt hinab zum Geschlecht der Geliebten:
wir sehen uns an,
wir sagen uns Dunkles,
wir lieben einander wie Mohn und Gedächtnis,
wir schlafen wie Wein in den Muscheln,
wie das Meer im Blutstrahl des Mondes.

Wir stehen umschlungen im Fenster, sie sehen uns zu von der
[Straße:
es ist Zeit, daß man weiß!
Es ist Zeit, daß der Stein sich zu blühen bequemt,
daß der Unrast ein Herz schlägt.
Es ist Zeit, daß es Zeit wird.

Es ist Zeit.

CORONA

Da minha mão o outono come sua folha: somos amigos.
Descascamos o tempo das nozes e o ensinamos a andar:
o tempo volta à casca.

No espelho é domingo,
no sonho se dorme,
a boca fala a verdade.

Meu olho desce ao sexo da amada:
olhamo-nos,
dizemo-nos o obscuro,
amamo-nos como ópio e memória,
dormimos como vinho nas conchas,
como o mar no raio-sangue da lua.

Ficamos entrelaçados à janela, eles nos olham da
                                              [rua:
está na hora de saber!
Está na hora da pedra começar a florescer,
de um coração golpear a inquietude.
está na hora de ser hora.

Está na hora.

TODESFUGE

Schwarze Milch der Frühe wir trinken sie abends
wir trinken sie mittags und morgens wir trinken sie nachts
wir trinken und trinken
wir schaufeln ein Grab in den Lüften da liegt man nicht eng
Ein Mann wohnt im Haus der spielt mit dem Schlangen der
[schreibt
der schreibt wenn es dunkelt nach Deutschland dein goldenes
[Haar Margarete
er schreibt es und tritt vor das Haus und es blitzen die Sterne er
[pfeift seine Rüden herbei
er pfeift seine Juden hervor läßt schaufeln ein Grab in der Erde
er befiehlt uns spielt auf nun zum Tanz

Schwarze Milch der Frühe wir trinken dich nachts
wir trinken dich morgens und mittags wir trinken dich abends
wir trinken und trinken
Ein Mann wohnt im Haus der spielt mit den Schlangen der
[schreibt
der schreibt wenn es dunkelt nach Deutschland dein goldenes
[Haar Margarete
Dein aschenes Haar Sulamith wir schaufeln ein Grab in den
[Lüften da liegt man nicht eng

FUGA SOBRE A MORTE

Leite-breu d'aurora nós o bebemos à tarde
nós o bebemos ao meio-dia e de manhã nós o bebemos à noite
bebemos e bebemos
cavamos uma cova grande nos ares
Na casa mora um homem que brinca com as serpentes e
                                              [escreve
ele escreve para a Alemanha quando escurece teus cabelos de
                                              [ouro Margarete
ele escreve e aparece em frente à casa e brilham as estrelas ele
                                              [assobia e chama seus mastins
ele assobia e chegam seus judeus manda cavar uma cova na terra
ordena-nos agora toquem para dançarmos

Leite-breu d'aurora nós te bebemos à noite
nós te bebemos de manhã e ao meio-dia nós te bebemos à tarde
bebemos e bebemos
Na casa mora um homem que brinca com as serpentes e
                                              [escreve
que escreve para a Alemanha quando escurece teus cabelos de
                                              [ouro Margarete
Teus cabelos de cinza Sulamita cavamos uma cova grande
                                              [nos ares onde não se deita ruim

*Er ruft stecht tiefer ins Erdreich ihr einen ihr andern singet
[und spielt
er greift nach dem Eisen im Gurt er schwingts seine Augen
[sind blau
stecht tiefer die Spaten ihr einen ihr andern spielt weiter zum
[Tanz auf*

*Schwarze Milch der Frühe wir trinken dich nachts
wir trinken dich mittags und morgens wir trinken dich abends
wir trinken und trinken
ein Mann wohnt im Haus dein goldenes Haar Margarete
dein aschenes Haar Sulamith er spielt mit den Schlangen*

*Er ruft spielt süßer den Tod der Tod ist ein Meister aus
[Deutschland
er ruft streicht dunkler die Geigen dann steigt ihr als Rauch
[in die Luft
dann habt ihr ein Grab in den Wolken da liegt man nicht eng*

*Schwarze Milch der Frühe wir trinken dich nachts
wir trinken dich mittags der Tod ist ein Meister aus Deutschland
wir trinken dich abends und morgens wir trinken und trinken
der Tod ist ein Meister aus Deutschland sein Auge ist blau
er trifft dich mit bleierner Kugel er trifft dich genau
ein Mann wohnt im Haus dein goldenes Haar Margarete
er hetzt seine Rüden auf uns er schenkt uns ein Grab in der Luft
er spielt mit den Schlangen und träumet der Tod ist ein Meister
[aus Deutschland*

*dein goldenes Haar Margarete
dein aschenes Haar Sulamith*

Ele grita cavem mais até o fundo da terra vocês aí vocês ali
                                                  [cantem e toquem
ele pega o ferro na cintura balança-o seus olhos são
                                                  [azuis
cavem mais fundo as pás vocês aí vocês ali continuem tocando
                                               [para dançarmos

Leite-breu d'aurora nós te bebemos à noite
nós te bebemos ao meio-dia e de manhã nós te bebemos à tardinha
bebemos e bebemos
Na casa mora um homem teus cabelos de ouro Margarete
teus cabelos de cinza Sulamita ele brinca com as serpentes

Ele grita toquem mais doce a morte a morte é uma mestra
                                                 [d'Alemanha
Ele grita toquem mais escuro os violinos depois subam aos
                                             [ares como fumaça
e terão uma cova grande nas nuvens onde não se deita ruim

Leite-breu d'aurora nós te bebemos à noite
nós te bebemos ao meio-dia a morte é uma mestra d'Alemanha
nós te bebemos à tarde e de manhã bebemos e bebemos
a morte é uma mestra d'Alemanha seu olho é azul
ela te atinge com bala de chumbo te atinge em cheio
na casa mora um homem teus cabelos de ouro Margarete
ele atiça seus mastins contra nós dá-nos uma cova no ar
ele brinca com as serpentes e sonha a morte é uma mestra
                                               [d'Alemanha

teus cabelos de ouro Margarete
teus cabelos de cinza Sulamita

VOM BLAU, das noch sein Auge sucht, trink ich als erster.
Aus deiner Fußspur trink ich und ich seh:
du rollst mir durch die Finger, Perle, und du wächst!
Du wächst wie alle, die vergessen sind.
Du rollst: das schwarze Hagelkorn der Schwermut
fällt in ein Tuch, ganz weiß vom Abschiedwinken.

DO AZUL que ainda busca seu rosto, sou o primeiro a beber.
Vejo e bebo de teu rastro:
Deslizas pelos meus dedos, pérola, e cresces!
Cresces como todos os esquecidos.
Deslizas: o granizo negro da melancolia
cai num lenço, todo branco pelo aceno de despedida.

WER SEIN HERZ aus der Brust reißt zur Nacht, der langt nach
[der Rose.
Sein ist ihr Blatt und ihr Dorn,
ihm legt sie das Licht auf den Teller,
ihm füllt sie die Gläser mit Hauch,
ihm rauschen die Schatten der Liebe.

Wer sein Herz aus der Brust reißt zur Nacht und schleudert es
[hoch:
der trifft nicht fehl,
der steinigt den Stein,
dem läutet das Blut aus der Uhr,
dem schlägt seine Stunde die Zeit aus der Hand:
er darf spielen mit schöneren Bällen
und reden von dir und von mir.

QUEM ARRANCA do peito seu coração para a noite deseja
[a rosa.
São seus a folha e o espinho,
para ele ela põe a luz no prato,
para ele ela enche os copos com sopro,
para ele murmuram as sombras do amor.

Quem arranca do peito seu coração para a noite e o atira
[alto:
não erra o alvo
apedreja a pedra,
a ele bate o sangue do relógio,
para ele sua hora soa o tempo na mão:
ele pode brincar com bolas mais bonitas
e falar de ti e de mim.

AUF REISEN

*Es ist eine Stunde, die macht dir den Staub zum Gefolge,
dein Haus in Paris zur Opferstatt deiner Hände,
dein schwarzes Aug zum schwärzesten Auge.*

*Es ist ein Gehöft, da hält ein Gespann für dein Herz.
Dein Haar möchte wehn, wenn du fährst — das ist ihm*
                                               [verboten.
Die bleiben und winken, wissen es nicht.

EM VIAGEM

Há um momento que te converte a poeira em comitiva,
tua casa em Paris em local de sacrifício de tuas mãos,
teu olho negro em negríssimo olho.

Há uma granja que guarda uma parelha para teu coração.
Teu cabelo quer voar quando viajas — mas está
[proibido.
Os que permanecem e acenam, não sabem.

KRISTALL

*Nicht an meinen Lippen suche deinen Mund,
nicht vorm Tor den Fremdling,
nicht im Aug die Träne.*

*Sieben Nächte höher wandert Rot zu Rot,
sieben Herzen tiefer pocht die Hand ans Tor,
sieben Rosen später rauscht der Brunnen.*

CRISTAL

Não procura nos meus lábios tua boca,
não diante da porta o forasteiro,
não no olho a lágrima.

Sete noites acima caminha o vermelho ao vermelho,
sete corações abaixo bate a mão à porta,
sete rosas mais tarde rumoreja a fonte.

*ICH BIN ALLEIN, ich stell die Aschenblume
ins Glas voll reifer Schwärze. Schwestermund,
du sprichst ein Wort, das fortlebt vor den Fenstern,
und lautlos klettert, was ich träumt, an mir empor.*

*Ich steh im Flor der abgeblühten Stunde
und spar ein Harz für einen späten Vogel:
er trägt die Flocke Schnee auf lebensroter Feder;
das Körnchen Eis im Schnabel, kommt er durch den Sommer.*

ESTOU SÓ, arrumo a flor de cinzas
no vaso cheio de maduro negrume. Boca-irmã,
falas uma palavra que sobrevive diante das janelas,
e escala muda o que sonhei, em mim.

Eis-me na flor da hora murcha
e poupo uma resina para um pássaro tardio:
ele traz o floco de neve na pluma vermelho-vida;
o grãozinho de gelo no bico, e atravessa o verão.

DIE KRÜGE

Für Klaus Demus

An den langen Tischen der Zeit
zechen die Krüge Gottes.
Sie trinken die Augen der Sehenden leer und die Augen der
[Blinden,
die Herzen der waltenden Schatten,
die hohle Wange des Abends.
Sie sind die gewaltigsten Zecher:
sie führen das Leere zum Mund wie das Volle
und schäumen nicht über wie du oder ich.

OS CÂNTAROS

Para Klaus Demus

Nas longas mesas do tempo
embebedam-se os cântaros de Deus.
Eles esvaziam os olhos de quem vê e os olhos de quem
[não,
os corações das sombras reinantes,
o magro rosto da noite.
São os maiores bebedores:
levam à boca o vazio como o pleno
e não transbordam como eu ou tu.

NACHTS, wenn das Pendel der Liebe schwingt
zwischen Immer und Nie,
stößt dein Wort zu den Monden des Herzens
und dein gewitterhaft blaues
Aug reicht der Erde den Himmel.

Aus fernem, aus traumgeschwärztem
Hain weht uns an das Verhauchte,
und das Versäumte geht um, groß wie die Schemen der Zukunft.

Was sich nun senkt und hebt,
gilt dem zuinnerst Vergrabnen:
blind wie der Blick, den wir tauschen,
küßt es die Zeit auf den Mund.

À NOITE, quando o pêndulo do amor oscila,
entre Sempre e Nunca,
tua palavra junta-se às luas do coração
e teu tempestuoso olho
azul entrega à terra o céu.

De bosque distante, enegrecido de sonho
sopra-nos o apagado,
e o perdido rodeia, grande como os fantasmas do futuro.

O que então afunda e se ergue
vale para o intimamente enterrado:
cego como o olhar que trocamos,
beija o tempo na boca.

DE LIMIAR A LIMIAR

(1955)

VON SCHWELLE ZU SCHWELLE

ICH HÖRTE SAGEN

Ich hörte sagen, es sei
im Wasser ein Stein und ein Kreis
und über dem Wasser ein Wort,
das den Kreis um den Stein legt.

Ich sah meine Pappel hinabgehn zum Wasser,
ich sah, wie ihr Arm hinuntergriff in die Tiefe,
ich sah ihre Wurzeln gen Himmel um Nacht flehn.

Ich eilt ihr nicht nach,
ich las nur vom Boden auf jene Krume,
die deines Auges Gestalt hat und Adel,
ich nahm dir die Kette der Sprüche vom Hals
und säumte mit ihr den Tisch, wo die Krume nun lag.

Und sah meine Pappel nicht mehr.

OUVI DIZER

Ouvi dizer que há
na água uma pedra e um círculo
e sobre a água uma palavra
que estende o círculo em torno da pedra.

Vi meu choupo descer para a água,
vi como o seu braço agarrou as profundezas,
vi suas raízes implorarem a noite aos céus.

Não o segui,
somente colhi do chão aquela migalha
que tem a forma de teu olho e a nobreza,
tirei de teu pescoço o colar de sentenças
e com ele adornei a mesa, onde já estava a migalha.

Não voltei a ver meu choupo.

IM SPÄTROT

*Im Spätrot schlafen die Namen:
einen
weckt deine Nacht
und führt ihn, mit weißen Stäben entlang-
tastend am Südwall des Herzens,
unter die Pinien:
eine, von menschlichem Wuchs,
schreitet zur Töpferstadt hin,
wo der Regen einkehrt als Freund
einer Meeresstunde.
Im Blau
spricht sie ein schattenverheißendes Baumwort,
und deiner Liebe Namen
zählt seine Silben hinzu.*

NO VERMELHO TARDIO

No vermelho tardio dormem os nomes:
um
tua noite desperta
e leva-o, com bastões brancos apalpando
ao longo da muralha sul do coração,
sob os pinheiros:
um, de forma humana,
avança à cidade-oleiro,
onde a chuva é acolhida como amiga
de uma hora-mar.
No azul
ela diz uma palavrárvore que promete sombras
e o nome de teu amor
acrescenta suas sílabas.

LEUCHTEN

Schweigenden Leibes
liegst du im Sand neben mir,
Übersternte.

....

Brach sich ein Strahl
herüber zu mir?
Oder war es der Stab,
den man brach über uns,
der so leuchtet?

LUZIR

Com silencioso corpo
repousas na areia ao meu lado,
Superestrelada.

....

Irrompeu-se algum raio
até mim?
Ou foi a barra
rompida sobre nós
que luz assim?

FERNEN

Aug in Aug, in der Kühle,
laß uns auch solches beginnen:
gemeinsam
laß uns atmen den Schleier,
der uns voreinander verbirgt,
wenn der Abend sich anschickt zu messen,
wie weit es noch ist
von jeder Gestalt, die er annimmt,
zu jeder Gestalt,
die er uns beiden geliehn.

DISTÂNCIAS

Olho no olho, no frio,
deixa-nos também começar assim:
juntos
deixa-nos respirar o véu
que nos esconde um do outro,
quando a noite se dispõe a medir
o que ainda falta chegar
de cada forma que ela toma
para cada forma
que ela a nós dois emprestou.

DER GAST

Lange vor Abend
kehrt bei dir ein, der den Gruß getauscht mit dem Dunkel.
Lange vor Tag
wacht er auf
und facht, eh er geht, einen Schlaf an,
einen Schlaf, durchklungen von Schritten:
du hörst ihn die Fernen durchmessen
und wirfst deine Seele dorthin.

O HÓSPEDE

Muito antes de anoitecer
chega à tua casa aquele que trocou acenos com a escuridão.
Muito antes de amanhecer
ele desperta
e, antes de ir-se, atiça um sonho,
um sonho ressonante de passos:
o escutas medir as distâncias
e jogas para lá a tua alma.

ASSISI

Umbrische Nacht.
Umbrische Nacht mit dem Silber von Glocke und Ölblatt.
Umbrische Nacht mit dem Stein, den du hertrugst.
Umbrische Nacht mit dem Stein.

    Stumm, was ins Leben stieg, stumm.
    Füll die Krüge um.

Irdener Krug.
Irdener Krug, dran die Töpferhand festwuchs.
Irdener Krug, den die Hand eines Schattens für immer verschloß.
Irdener Krug mit dem Siegel des Schattens.

    Stein, wo du hinsiehst, Stein.
    Laß das Grautier ein.

Trottendes Tier.
Trottendes Tier im Schnee, den die nackteste Hand streut.
Trottendes Tier vor dem Wort, das ins Schloß fiel.
Trottendes Tier, das den Schlaf aus der Hand frißt.

    Glanz, der nicht trösten will, Glanz.
    Die Toten — sie betteln noch, Franz.

ASSIS

Noite úmbria.
Noite úmbria com a prata do sino e folha de oliva.
Noite úmbria com a pedra que trouxeste até aqui.
Noite úmbria com a pedra.

    Mudo, o que veio à vida, mudo.
    Enche os jarros.

Jarro barroso.
Jarro barroso, onde a mão do oleiro cresceu firme.
Jarro barroso, que para sempre trancafiou a mão de uma sombra.
Jarro barroso com o selo da sombra.

    Pedra, para onde olhas, pedra.
    Deixa entrar o asno.

Animal trotante.
Animal trotante na neve, que a mais nua mão espalha.
Animal trotante frente à palavra, que caiu presa.
Animal trotante, que come o sono com a mão.

    Brilho que não quer consolar, brilho.
    Os mortos — estes ainda mendigam, Francisco.

SPRICH AUCH DU,
sprich als letzter,
sag deinen Spruch.

Sprich —
Doch scheide das Nein nicht vom Ja.
Gib deinem Spruch auch den Sinn:
gib ihm den Schatten.

Gib ihm Schatten genug,
gib ihm so viel,
als du um dich verteilt weißt zwischen
Mittnacht und Mittag und Mittnacht.

Blicke umher:
sieh, wie's lebendig wird rings —
Beim Tode! Lebendig!
Wahr spricht, wer Schatten spricht.

Nun aber schrumpft der Ort, wo du stehst:
Wohin jetzt, Schattenentblößter, wohin?
Steige. Taste empor.
Dünner wirst du, unkenntlicher, feiner!
Feiner: ein Faden,

an dem er herabwill, der Stern:

FALA TAMBÉM TU
fala por último,
diz teu falar.

Fala —
Mas não separa o não do sim.
Dá ao teu falar também o sentido:
dá-lhe a sombra.

Dá-lhe sombra bastante,
dá-lhe tanta
quanto sabes dividir em ti entre
meia-noite e meio-dia e meia-noite.

Olha em volta
vê a vida ao redor —
Na morte! Viva!
Fala a verdade quem sombras fala.

Mas então se esvai o lugar em que estás:
Para onde agora, desnudado de sombra, para onde?
Sobe. Vá tateando.
Tornas-te mais magro, mais irreconhecível, mais fino!
Mais fino: um fio,

por onde ela quer descer, a estrela:

um unten zu schwimmen, unten,
wo er sich schimmern sieht: in der Dünung
wandernder Worte.

para embaixo nadar, embaixo,
onde se vê cintilar: no ondear
de palavras errantes.

PRISÃO DA PALAVRA

(1959)

SPRACHGITTER

BLUME

*Der Stein.
Der Stein in der Luft, dem ich folgte.
Dein Aug, so blind wie der Stein.*

*Wir waren
Hände,
wir schöpften die Finsternis leer, wir fanden
das Wort, das den Sommer heraufkam:
Blume.*

*Blume — ein Blindenwort.
Dein Aug und mein Aug:
sie sorgen
für Wasser.*

*Wachstum.
Herzwand um Herzwand
blättert hinzu.*

*Ein Wort noch, wie dies, und die Hämmer
schwingen im Freien.*

FLOR

A pedra.
A pedra no ar, que segui.
Teu olho, tão cego como a pedra.

Éramos
mãos,
esvaziamos a escuridão, encontramos
a palavra, que ascendia do verão:
flor.

Flor — uma palavra de cegos.
Teu olho e meu olho:
procuram
água.

Crescimento.
O coração: de parede a parede
se forma.

Uma palavra ainda, como esta, e os martelos
vibram ao ar livre.

TENEBRAE

*Nah sind wir, Herr,
nahe und greifbar.*

*Gegriffen schon, Herr,
ineinander verkrallt, als wär
der Leib eines jeden von uns
dein Leib, Herr.*

*Bete, Herr,
bete zu uns,
wir sind nah.*

*Windschief gingen wir hin,
gingen wir hin, uns zu bücken
nach Mulde und Maar.*

Zur Tränke gingen wir, Herr.

*Es war Blut, es war,
was du vergossen, Herr.*

Es glänzte.

Es warf uns dein Bild in die Augen, Herr.

TENEBRAE

Estamos próximos, Senhor,
próximos e palpáveis.

Palpados já, Senhor,
Agarrados um ao outro, como se
o corpo de cada um de nós fosse
teu corpo, Senhor.

Roga, Senhor,
Roga por nós,
estamos próximos.

Empurrados pelo vento fomos,
fomos até lá para curvar-nos
rumo a vale e cratera.

Fomos ao bebedouro, Senhor.

Havia sangue, havia
o que verteste, Senhor.

Brilhava.

Jogou-nos tua imagem nos olhos, Senhor.

Augen und Mund stehn so offen und leer, Herr.
Wir haben getrunken, Herr.
Das Blut und das Bild, das im Blut war, Herr.

Bete, Herr.
Wir sind nah.

Olhos e boca estão por demais abertos e vazios, Senhor.
Bebemos, Senhor.
O sangue e a imagem que no sangue havia, Senhor.

Roga, Senhor.
Estamos próximos.

SPRACHGITTER

Augenrund zwischen den Stäben.

Flimmertier Lid
rudert nach oben,
gibt einen Blick frei.

Iris, Schwimmerin, traumlos und trüb:
der Himmel, herzgrau, muß nah sein.

Schräg, in der eisernen Tülle,
der blakende Span.
Am Lichtsinn
errätst du die Seele.

(Wär ich wie du. Wärst du wie ich.
Standen wir nicht
unter einem Passat?
Wir sind Fremde.)

Die Fliesen. Darauf,
dicht beieinander, die beiden
herzgrauen Lachen:
zwei
Mundvoll Schweigen.

PRISÃO DA PALAVRA

Olho redondo entre as barras.

Pálpebra de animal cintilante
rema para cima,
libera um olhar.

Íris, nadadora, sem sonhos e triste:
o céu, cinza-coração, deve estar próximo.

Inclinada, no bico de ferro,
a limalha fumegante.
No sentido da luz
adivinhas a alma.

(Se eu fosse como tu. Se fosses como eu.
Não estaríamos
sob *um mesmo* alísio?
Somos estranhos.)

Os ladrilhos. Por cima,
uma junto à outra, as duas
poças cinza-coração:
dois
bocados de silêncio.

ENGFÜHRUNG

*

Verbracht ins
Gelände
mit der untrüglichen Spur:

Gras, auseinandergeschrieben. Die Steine, weiß,
mit den Schatten der Halme:
Lies nicht mehr — schau!

Schau nicht mehr — geh!

Geh, deine Stunde
hat keine Schwestern, du bist —
bist zuhause. Ein Rad, langsam,
rollt aus sich selber, die Speichen
klettern,
klettern auf schwärzlichem Feld, die Nacht
braucht keine Sterne, nirgends
fragt es nach dir.

*

STRETTO

*

Trazidos para o
campo
com a marca que não engana:

Grama, escrita-espalhada. As pedras, brancas,
com as sombras dos talos:
Não leias mais — vê!
Não vejas mais — vai!

Vai, tua hora
não tem irmãs, estás —
estás em casa. Uma roda, lentamente,
rola para fora de si mesma, os raios
escalam,
escalam por campo enegrecido, a noite
não precisa de estrelas, em lugar algum
perguntam por ti.

*

                    Nirgends
                            fragt es nach dir
                            —

*Der Ort, wo sie lagen, er hat
einen Namen — er hat
keinen. Sie lagen nicht dort. Etwas
lag zwischen ihnen. Sie
sahn nicht hindurch.*

*Sahn nicht, nein,
redeten von
Worten. Keines
erwachte, der
Schlaf
kam über sie.*

*

                    Kam, kam. Nirgends
                            fragt es —

*Ich bins, ich,
ich lag zwischen euch, ich war
offen, war
hörbar, ich tickte euch zu, euer Atem
gehorchte, ich
bin es noch immer, ihr
schlaft ja.*

*

                         Bin es noch immer —

*Jahre.
Jahre, Jahre, ein Finger*

                    Em lugar algum
                                perguntam por ti
                                —

O local em que estavam, ele tem
um nome — tem
nenhum. Não estavam lá. Algo
havia entre eles. Não
olhavam através.

Não olhavam, não,
falavam de
palavras. Ninguém
despertou, o
sono
veio sobre eles.

*

                    Veio, veio. Em lugar algum
                                perguntam —
Sou eu, eu,
estava entre vocês, estava
aberto, estava
audível, fiz sinal, sua respiração
obedeceu, sou
eu ainda, vocês
estão dormindo.

*

                                Sou eu ainda —
Anos.
Anos, anos, um dedo

*tastet hinab und hinan, tastet
umher:
Nahtstellen, fühlbar, hier
klafft es weit auseinander, hier
wuchs es wieder zusammen — wer
deckte es zu?*

*

                         *Deckte es
                                zu — wer?*

*Kam, kam.
Kam ein Wort, kam,
kam durch die Nacht,
wollt leuchten, wollt leuchten.*

*Asche.
Asche, Asche.
Nacht.
Nacht-und-Nacht. — Zum
Aug geh, zum feuchten.*

*

                   *Zum
                        Aug geh,
                               zum feuchten —*

*Orkane.
Orkane, von je,
Partikelgestöber, das andre,
du
weißts ja, wir
lasens im Buche, war
Meinung.*

tateia, de cima a baixo, tateia
ao redor:
pontos de sutura, palpáveis, aqui
se abre demais, lá
voltou a fechar-se — quem
o cobriu?

*
                       Cobriu-o
                            — quem?

Veio, veio.
Veio uma palavra, veio,
veio pela noite,
queria brilhar, queria brilhar.

Cinzas.
Cinzas, cinzas.
Noite.
Noite-e-noite. — Vai
para o olho, para o úmido.

*
                       Vai
                           para o olho,
                                     para o úmido —
Furacões.
Furacões, desde sempre,
turbilhão de partículas, o outro,
tu
bem sabes, nós
lemos no livro, era
opinião.

War, war
Meinung. Wie
faßten wir uns
an — an mit
diesen
Händen?

Es stand auch geschrieben, daß.
Wo? Wir
taten ein Schweigen darüber,
giftgestillt, groß,
ein
grünes
Schweigen, ein Kelchblatt, es
hing ein Gedanke an Pflanzliches dran —

grün, ja,
hing, ja,
unter hämischem
Himmel.

An, ja,
Pflanzliches.

Ja.
Orkane, Par-
tikelgestöber, es blieb
Zeit, blieb,
es beim Stein zu versuchen — er
war gastlich, er
fiel nicht ins Wort. Wie
gut wir es hatten:

Era, era
opinião. Como
nos tocamos
— tocamos, com
estas
mãos?

Também estava escrito que.
Onde? Nós
fizemos silêncio sobre isso,
silêncio de morte, grande,
um
silêncio
verde, uma sépala, nela
suspenso um pensamento de vegetal —

verde, sim.
suspenso, sim,
sob malicioso
céu.

Nela, sim,
de vegetal.

Sim.
Furacões, tur-
bilhão de partículas, sobrou
tempo, sobrou,
para tentar com a pedra — era
hospitaleira, não
cortava a palavra. Como
estávamos bem:

*Körnig,
körnig und faserig. Stengelig,
dicht;
traubig und strahlig; nierig,
plattig und
klumpig; locker, ver-
ästelt —: er, es
fiel nicht ins Wort, es
sprach,
sprach gerne zu trockenen Augen, eh es sie schloß.

Sprach, sprach.
War, war.

Wir
ließen nicht locker, standen
inmitten, ein
Porenbau, und
es kam.

Kam auf uns zu, kam
hindurch, flickte
unsichtbar, flickte
an der letzten Membran,
und
die Welt, ein Tausendkristall,
schoß an, schoß an.

**

                              Schoß an, schoß an.
                                         Dann —*

Granulosos,
granulosos e fibrosos. Hasteados,
densos;
cacheados e irradiantes; nevríticos,
espalmados; soltos, rami-
ficados —: ela, isto
não cortava a palavra, isto
falava,
falava com prazer a olhos secos, antes de fechá-los.

Falava, falava.
Era, era.

Nós
não desistimos, estávamos
no meio, um
monte de poros, e
ele veio.

Veio até nós, veio
através, remendava
invisível, remendava
a última membrana,
e
o mundo, um cristal em mil
irrompeu, irrompeu.

*

                     Irrompeu, irrompeu.
                                Então —

*Nächte, entmischt. Kreise,
grün oder blau, rote
Quadrate: die
Welt setzt ihr Innerstes ein
im Spiel mit den neuen
Stunden. — Kreise,
rot oder schwarz, helle
Quadrate, kein
Flugschatten,
kein
Meßtisch, keine
Rauchseele steigt und spielt mit.*

*

                                            Steigt und
                                                              spielt mit —

*In der Eulenflucht, beim
versteinerten Aussatz,
bei
unsern geflohenen Händen, in
der jüngsten Verwerfung,
überm
Kugelfang an
der verschütteten Mauer:*

*sichtbar, aufs
neue: die
Rillen, die*

*Chöre, damals, die
Psalmen. Ho, ho-
sianna.*

noites, decompostas. Círculos,
verdes ou azuis, vermelhos
quadrados: o
mundo insere o seu mais íntimo
no jogo com as novas
horas. — Círculos
vermelhos ou pretos, claros
quadrados nenhuma
sombra voadora,
nenhuma
prancheta, nenhuma
alma de fumaça sobe e acompanha.

*

         Sobe e
           acompanha —

No abrigo da coruja, na
petrificada lepra,
em
nossas mãos escapulidas, no
mais recente repúdio,
sobre a
barreira de balas junto
ao muro em ruínas:

visível, de
novo: os
sulcos, os

coros, outrora, os
salmos. Ho, ho-
sana.

*Also
stehen noch Tempel. Ein
Stern
hat wohl noch Licht.
Nichts,
nichts ist verloren.*

*Ho-
sianna.*

*In der Eulenflucht, hier,
die Gespräche, taggrau,
der Grundwasserspuren.*

*

      *(— — taggrau,
        der
         Grundwasserspuren —*

*Verbracht
ins Gelände
mit
der untrüglichen
Spur:*

*Gras.
Gras,
auseinandergeschrieben.)*

Mas
ainda há templos. Uma
estrela
ainda tem luz.
Nada,
nada está perdido.

Ho-
sana.

No abrigo da coruja, aqui,
as conversas, cinza-dia,
das marcas d'água subterrânea.

*

                      (— cinza-dia,
                              das
                              marcas d'água subterrânea —
Trazidos
para o campo
com
a marca
que não engana:

grama,
grama,
escrita-espalhada.)

A ROSA-DE-NINGUÉM

(1963)

DIE NIEMANDSROSE

Es war Erde in ihnen, und
sie gruben.

Sie gruben und gruben, so ging
ihr Tag dahin, ihre Nacht. Und sie lobten nicht Gott,
der, so hörten sie, alles dies wollte,
der, so hörten sie, alles dies wußte.

Sie gruben und hörten nichts mehr;
sie wurden nicht weise, erfanden kein Lied,
erdachten sich keinerlei Sprache.
Sie gruben.

Es kam eine Stille, es kam auch ein Sturm,
es kamen die Meere alle.
Ich grabe, du gräbst, und es gräbt auch der Wurm,
und das Singende dort sagt: Sie graben.

O einer, o keiner, o niemand, o du:
Wohin gings, da's nirgendhin ging?
O du gräbst und ich grab, und ich grab mich dir zu,
und am Finger erwacht uns der Ring.

HAVIA TERRA neles, e
escavavam.

Escavavam, escavavam, e assim
o dia todo, a noite toda. E não louvavam a Deus
que, como ouviram, queria isso tudo,
que, como ouviram, sabia isso tudo.

Escavavam e não ouviram mais nada;
não se tornaram sábios, não inventaram uma canção,
não imaginaram linguagem alguma.
Escavavam.

Veio um silêncio, veio também uma tormenta,
vieram os mares todos.
Eu escavo, tu escavas, e o verme também escava,
e quem canta ali diz: eles escavam.

Oh alguém, oh nenhum, oh ninguém, oh tu:
Para onde foi, se não há lugar algum?
Oh, tu escavas e eu cavo, e eu me escavo rumo a ti,
e no dedo desperta-nos o anel.

DAS WORT VOM ZUR-TIEFE-GEHN,
das wir gelesen haben.
Die Jahre, die Worte seither.
Wir sind es noch immer.

Weißt du, der Raum ist unendlich,
weißt du, du brauchst nicht zu fliegen,
weißt du, was sich in dein Aug schrieb,
vertieft uns die Tiefe.

IR-AO-FUNDO,
a palavra que lemos.
Os anos, as palavras desde então.
Somos sempre os mesmos.

Sabes, o espaço é infinito,
sabes, não precisas voar,
sabes, o que se escreveu em teu olho
aprofunda-nos o fundo.

*STUMME HERBSTGERÜCHE. Die
Sternblume, ungeknickt, ging
zwischen Heimat und Abgrund durch
dein Gedächtnis.*

*Eine fremde Verlorenheit war
gestalthaft zugegen, du hättest
beinah
gelebt.*

MUDOS AROMAS outonais. O
mal me quer, intacto, passou
entre lar e abismo pela
tua memória.

Um estranho abandono estava
ali, palpável, e terias
quase
vivido.

PSALM

*Niemand knetet uns wieder aus Erde und Lehm,
niemand bespricht unsern Staub.
Niemand.*

*Gelobt seist du, Niemand.
Dir zulieb wollen
wir blühn.
Dir
entgegen.*

*Ein Nichts
waren wir, sind wir, werden
wir bleiben, blühend:
die Nichts-, die
Niemandsrose.*

*Mit
dem Griffel seelenhell,
dem Staubfaden himmelswüst,
der Krone rot
vom Purpurwort, das wir sangen
über, o über
dem Dorn.*

SALMO

Ninguém nos molda de novo com terra e barro,
ninguém evoca o nosso pó.
Ninguém.

Louvado sejas, Ninguém.
Por ti queremos
florescer.
Ao teu
encontro.

Um nada
éramos nós, somos, continuaremos
sendo, florescendo:
a rosa-de-nada, a
rosa-de-ninguém.

Com
o estilete claralma,
o estame alto-céu,
a coroa rubra
da palavra púrpura, que cantamos
sobre, oh, sobre
o espinho.

ERRATISCH

*Die Abende graben sich dir
unters Aug. Mit der Lippe auf-
gesammelte Silben — schönes,
lautloses Rund —
helfen dem Kriechstern
in ihrer Mitte. Der Stein,
schläfennah einst, tut sich hier auf:*

*bei allen
versprengten
Sonnen, Seele,
warst du, im Äther.*

ERRÁTICO

As noites se fixam
sob teu olho. As sílabas re-
colhidas pelos lábios — belo,
silencioso círculo —
ajudam a estrela rastejante
em seu centro. A pedra,
um dia perto da fronte, abre-se aqui:

ante todos os
espalhados
sóis, alma,
estavas, no éter.

Es IST NICHT MEHR
diese
zuweilen mit dir
in die Stunde gesenkte
Schwere. Est ist
eine andre.

Es ist das Gewicht, das die Leere zurückhält,
die mit-
ginge mit dir.
Es hat, wie du, keinen Namen. Vielleicht
seid ihr dasselbe. Vielleicht
nennst auch du mich einst
so.

JÁ NÃO É MAIS
este
peso às vezes
carregado contigo
até a hora. É
outro.

É a carga que detém o vazio,
vazio que con-
tigo iria.
Não tem, como tu, um nome. Talvez
sejam a mesma coisa. Talvez
um dia também me chames
assim.

ICH HABE BAMBUS GESCHNITTEN:
für dich, mein Sohn.
Ich habe gelebt.

Diese morgen fort-
getragene Hütte, sie
steht.

Ich habe nicht mitgebaut: du
weißt nicht, in was für
Gefäße ich den
Sand um mich her tat, vor Jahren, auf
Geheiß und Gebot. Der deine
kommt aus dem Freien — er bleibt
frei.

Das Rohr, das hier Fuß faßt, morgen
steht es noch immer, wohin dich
die Seele auch hinspielt im Un-
gebundnen.

CORTEI BAMBUS:
para ti, meu filho.
Eu vivi.

A cabana trans-
portada amanhã, ela
existe.

Não ajudei a construí-la: tu
não sabes em que tipo
de urnas
levei areia ao meu redor, há anos,
sob ordem e ordenação. A tua
vem do ar livre — e continua
livre.

A cana, que aqui toma pé, amanhã
ainda existe, seja lá onde
a alma irá levar-te no des-
compromisso.

MUDANÇA DE AR

(1967)

ATEMWENDE

DU DARFST mich getrost
mit Schnee bewirten:
sooft ich Schulter an Schulter
mit dem Maulbeerbaum schritt durch den Sommer,
schrie sein jüngstes
Blatt.

CONFIANTE, PODES
acolher-me com neve:
sempre que eu, ombro a ombro
com a amoreira atravessei o verão,
gritou sua mais jovem
folha.

IN DEN FLÜSSEN NÖRDLICH DER ZUKUNFT
werf ich das Netz aus, das du
zögernd beschwerst
mit von Steinen geschriebenen
Schatten.

NOS RIOS AO NORTE DO FUTURO
lanço a rede que tu
hesitante carregas
com sombras escritas por
pedras.

VOR DEIN SPÄTES GESICHT,
allein-
gängerisch zwischen
auch mich verwandelnden Nächten,
kam etwas zu stehn,
das schon einmal bei uns war, un-
berührt von Gedanken.

Diante de teu rosto tardio,
só-
indo entre
noites que também me transformam,
ficou algo
que já estivera conosco, in-
tocado por pensamentos.

STEHEN, IM SCHATTEN
des Wundenmals in der Luft.

Für-niemand-und-nichts-Stehn.
Unerkannt,
für dich
allein.

Mit allem, was darin Raum hat,
auch ohne
Sprache.

ESTAR, NA SOMBRA
do estigma no ar.

Para-ninguém-e-nada-estar.
Irreconhecido,
para ti
somente.

Com tudo o que lá dentro cabe,
mesmo que sem
fala.

*WORTAUFSCHÜTTUNG, vulkanisch,
meerüberrauscht.*

*Oben
der flutende Mob
der Gegengeschöpfe: er
flaggte — Abbild und Nachbild
kreuzen eitel zeithin.*

*Bis du den Wortmond hinaus-
schleuderst, von dem her
das Wunder Ebbe geschieht
und der herz-
förmige Krater
nackt für die Anfänge zeugt,
die Königs-
geburten.*

DIQUE DE PALAVRAS, vulcânico,
afogado pelo rugir do mar.

Em cima
a massa flutuante
dos anti-seres: içou
bandeiras — imagem e cópia
cruzam-se vaidosas pelo tempo.

Até que arremesses a lua-
palavra, de onde
acontece o milagre baixa-mar
e a cratera cardi-
forme
procria nua para os primórdios,
os rei-
nascidos.

VOM GROβEN
Augen-
losen
aus deinen Augen geschöpft:

der sechs-
kantige, absageweiβe
Findling.

Eine Blindenhand, sternhart auch sie
vom Namen-Durchwandern,
ruht auf ihm, so
lang wie auf dir,
Esther.

DO GRANDE
sem-
olhos
criado de teus olhos:

o hexa-
métrico, nulo-pálido
rejeitado.

Uma mão de cego, rijo-estelar também ela,
do atravessar-o-nome,
repousa sobre ele, por tanto
tempo como sobre ti,
Esther.

*EIN DRÖHNEN: es ist
die Wahrheit selbst
unter die Menschen
getreten,
mitten ins
Metapherngestöber.*

UM RIBOMBAR: é
a própria verdade
que entre as pessoas
surgiu,
em meio ao
turbilhão de metáforas.

EINMAL,
da hörte ich ihn,
da wusch er die Welt,
ungesehn, nachtlang,
wirklich.

Eins und Unendlich,
vernichtet,
ichten.

Licht war. Rettung.

UMA VEZ
ouvi-o,
e ele lavava o mundo,
invisível, noite-adentro,
real.

Um e Infindo,
destruído,
eu-truído.

Luz havia. Salvação.

SÓIS EM FIOS

(1968)

FADENSONNEN

DIE SPUR EINES BISSES im Nirgends.

Auch sie
mußt du bekämpfen,
von hier aus.

A MARCA DE UMA MORDIDA em lugar algum.

Também a ela
tens de combater,
a partir daqui.

*EWIGKEITEN, über dich
hinweggestorben,
ein Brief berührt
deine noch un-
verletzten Finger,
die erglänzende Stirn
turnt herbei
und bettet sich in
Gerüche, Geräusche.*

ETERNIDADES, sobre ti
passam-morrem,
uma carta pega
teus ainda in-
tactos dedos,
a fronte brilhante
chega rodopiando
e deita-se em
fragrâncias, fragores.

Du warst mein Tod:
dich konnte ich halten,
während mir alles entfiel.

FOSTE MINHA MORTE:
pude deter-te,
enquanto tudo me escapava.

DIE KÖPFE, UNGEHEUER, DIE STADT,
die sie baun,
hinterm Glück.

Wenn du noch einmal mein Schmerz wärst, dir treu,
und es käm eine Lippe vorbei, diesseitig, am
Ort, wo ich aus mir herausreich,

ich brächte dich durch
diese Straße
nach vorn.

AS CABEÇAS, MONSTRUOSAS, A CIDADE
Que constroem
detrás da felicidade.

Se mais uma vez fosses minha dor, fiel a ti,
e um lábio passasse por ela, deste lado, no
local onde saio de mim,

eu te levaria por
esta rua
acima.

DIE EWIGKEIT ALTERT: in
*Cerveteri die
Asphodelen
fragen einander weiß.*

*Mit mummelnder Kelle,
aus den Totenkesseln,
übern Stein, übern Stein,
löffeln sie Suppen
in alle Betten
und Lager*

A ETERNIDADE ENVELHECE: em
Cerveteri os
asfódelos
perguntam-se brancos.

Com aconchegante concha
das caldeiras de mortos,
sobre a pedra, sobre a pedra,
tomam a sopa
em todas as camas
e covas

TAU. Und ich lag mit dir, du, im Gemülle,
ein matschiger Mond
bewarf uns mit Antwort,

wir bröckelten auseinander
und bröselten wieder in eins:

der Herr brach das Brot,
das Brot brach den Herrn.

ORVALHO. E eu deitado contigo, tu, no lixo,
uma lua lamacenta
atirou-nos a resposta,

nos partimos em dois
e de novo repartimos um:

o Senhor dividiu o pão,
o pão dividiu o Senhor.

PRESSÃO DA LUZ

(1970)

LICHTZWANG

EINMAL, *der Tod hatte Zulauf,*
verbargst du dich in mir.

UMA VEZ, a morte era corrente,
tu te escondeste em mim.

VORGEWUSST BLUTET
zweimal hinter dem Vorhang,

Mitgewußt
perlt

PRÉ-CIENTE SANGRA
duas vezes atrás da cortina,

Consciente
perola

WO ICH MICH IN DIR VERGAß
wardst du Gedanke,

etwas
rauscht durch uns beide:
der Welt erste
der letzten
Schwingen,

mir wächst
das Fell zu übern
gewittrigen
Mund,

du
kommst nicht
zu
dir.

QUANDO ME ABANDONEI EM TI,
eras pensamento,

algo
murmura entre nós dois:
do mundo a primeira
das últimas
asas,

em mim cresce
a pele sobre
tempestuosa
boca,

tu
não chegas
até
ti.

WIE DU DICH AUSSTIRBST in mir:

*noch im letzten
zerschlissenen
Knoten Atems
steckst du mit einem
Splitter
Leben.*

COMO TE EXTINGUES em mim:

ainda no último
e gasto
nó de ar
estás lá com uma
faísca
de vida.

DIE ENTSPRUNGENEN
Graupapageien
lesen die Messe
in deinem Mund.

Du hörsts regnen
und meinst, auch diesmal
sei's Gott.

OS DESAPARECIDOS
papagaios-cinza
rezam a missa
em tua boca.

Ouves chover
e achas que também agora
seria Deus.

NEVE REPARTIDA

(1971)

SCHNEEPART

UNLESBARKEIT dieser
Welt. Alles doppelt.

*Die starken Uhren
geben der Spaltstunde recht,
heiser.*

*Du, in dein Tiefstes geklemmt,
entsteigst dir
für immer.*

ILEGIBILIDADE deste
mundo.Tudo em dobro.

Os fortes relógios
dão razão à hora cindida,
roucos.

Tu, presa nas tuas profundezas,
somes de ti
para sempre.

*ICH HÖRE, DIE AXT HAT GEBLÜHT,
ich höre, der Ort ist nicht nennbar,

ich höre, das Brot, das ihn ansieht,
heilt den Erhängten,
das Brot, das ihm die Frau buk,

ich höre, sie nennen das Leben
die einzige Zuflucht.*

OUÇO, O MACHADO FLORESCEU,
ouço, o local não é nomeável,

ouço, o pão que o observa
cura o enforcado,
o pão que lhe fez a mulher,

ouço, falam da vida
como único refúgio.

DIE NACHZUSTOTTERNDE WELT,
bei der ich zu Gast
gewesen sein werde, ein Name,
herabgeschwitzt von der Mauer,
an der eine Wunde hochleckt.

O MUNDO TARTAMUDEANTE
no qual hóspede
terei sido, um nome,
transpirado muro abaixo
que uma ferida devolve lambendo.

EIN BLATT, BAUMLOS,
für Bertolt Brecht:

Was sind das für Zeiten,
wo ein Gespräch
beinah ein Verbrechen ist,
weil es soviel Gesagtes
mit einschließt?

UMA FOLHA, DESARVORADA,
para Bertolt Brecht:

Que tempos são estes,
em que uma conversa
é quase um crime,
por incluir
o já explícito?

UND KRAFT UND SCHMERZ
und was mich stieß
und trieb und hielt:

Hall-Schalt-
Jahre,

Fichtenrausch, einmal,

die wildernde Überzeugung,
daß dies anders zu sagen sei als
so.

E FORÇA E DOR
e o que me impulsionou
e levou e parou:

jubissextos
anos,

marulhar de pinheiros, uma vez,

a convicção furtiva
de que isto deve ser dito
diferente.

BON VENT, BONNE MER,

*ein flackernder
Hirnlappen, ein
Meerstück,
hißt, wo du lebst,
seine Hauptstadt, die
unbesetzbare.*

BON VENT, BONNE MER,

um trêmulo
encefalotrapo, um
pedaço de mar,
iça, onde moras,
sua capital, a
inocupável.

*DIE EWIGKEIT hält sich in Grenzen:
leicht, in ihren
gewaltigen Meß-Tentakeln,
bedachtsam,
rotiert die von Finger-
nägeln durchleuchtbare
Blutzucker-Erbse.*

A ETERNIDADE mantém-se nos limites:
leve, em seus
imponentes metro-tentáculos,
atentamente
gira as ervilhas-glicose
radioscopiáveis por
unhas.

APÊNDICE

Carta a Hans Bender*

Meu caro Hans Bender:

Muito obrigado pela sua carta de 15 de maio e seu gentil pedido de colaborar na sua antologia *Meu poema é minha faca*.

Lembro-me de ter-lhe dito que o poeta, tão logo o poema realmente *exista*, é libertado de sua cumplicidade original. Hoje eu formularia essa opinião de outra maneira, ou tentaria diferenciá-la; mas fundamentalmente continuo tendo essa — velha — opinião. Existe, é claro, aquilo que hoje se aprecia designar com tanta facilidade de *artesanato*. Mas — permita-me essa reunião do pensado com o vivenciado — artesanato é, como o asseio em geral, o pressuposto de toda poesia. *Este* artesanato não é, com toda certeza, um chão de ouro** — quem sabe até se tem um chão. Ele tem seus abismos e profundezas — alguns (quem dera pertencer a eles!) têm até um nome para isso.

Artesanato — isto é coisa para as mãos. E essas mãos por sua vez pertencem apenas a *uma* pessoa, quer dizer, a uma criatura única e mortal, que com sua voz e sua mudez procura um caminho.

---

*) Em Paul Celan, *Gesammelte Werke*, Band III, Frankfurt/M, p. 177 e seg.
**) Referência ao provérbio: "Um artesanato tem um chão de ouro".

Somente mãos verdadeiras escrevem poemas verdadeiros. Não vejo diferença de princípio entre um aperto de mão e um poema.

E não nos venham aqui com "poieín" ou coisa parecida. Isso significa, com todas as suas proximidades e distâncias, algo bem diferente do que no seu atual contexto.

É claro, existem exercícios — no sentido *espiritual*, meu caro Hans Bender! E além disso existe justamente, em toda esquina lírica, a experimentação com o chamado material verbal. Poemas são também presentes — presentes aos atentos. Presentes que levam consigo um destino.

"Como se fazem poemas?"

Há anos pude, por algum tempo, ver e, mais tarde, a certa distância, observar com precisão como o "fazer" (*Machen*), através da feitura (*Mache*), aos poucos se transforma em manobra (*Machenschaft*). Sim, existe também *isto*, como deve saber. E não é por acaso.

Vivemos sob céus sombrios, e... são poucas as pessoas. É por isso que existem tão poucos poemas. As esperanças que ainda tenho não são grandes; tento conservar o que me restou.

Com os melhores votos para você e seu trabalho,

Paul Celan
Paris, 18 de maio de 1960

O meridiano[1]

Minhas senhoras e meus senhores!

A arte, como estão lembrados, a arte é uma criatura com jeito de marionete iâmbico, de cinco pés, e — esta propriedade é também provada mitologicamente através de Pigmalião e sua criatura — não tem descendentes.[2]

Sob essa forma ela se configura no objeto de uma conversa que tem lugar num quarto, ou seja, não na portaria, uma conversa que, é o que sentimos, poderia ser prosseguida infinitamente, se nada acontecesse pelo caminho.

Mas algo acontece.

A arte volta a aparecer. Ela volta a aparecer numa outra obra de Georg Büchner, em *Woyzeck*, entre outras pessoas sem nome e — se posso tomar o caminho da expressão de Moritz Heimann em *Dantons Tod* [*A morte de Danton*] — com "luz de tempestade ainda mais pálida". A mesma arte volta ao programa, também completamente diferente nesta época, apresentada por um charlatão, não mais como durante aquela conversa, relativa à criação "ardente", "efervescente"

---

[1] Discurso proferido no recebimento do Prêmio Georg Büchner, em 1960.
[2] Citação de *Dantons Tod*, 2º ato, cena 3, in: *Georg Büchner - Werke und Briefe*, Munique/Viena: Carl Hanser Verlag, 1984, p. 34.

e "brilhante", mas ao lado da criatura e do "nada" que "traz" consigo essa criatura — a arte aparece dessa vez na forma de macaco, mas é a mesma, pois imediatamente a reconhecemos pelas "calças e casaco".[3]

E ela — a arte — chega a nós também com uma terceira obra de Georg Büchner, com *Leonce und Lena* [*Leôncio e Lena*], tempo e iluminação aqui não podem ser reconhecidos, estamos mesmo "fugindo para o paraíso", "todos os relógios e calendários" logo devem ser "despedaçados" ou "proibidos"[4] — mas pouco antes são apresentadas ainda "duas pessoas de ambos os sexos", "chegam dois autômatos mundialmente conhecidos", e alguém que se autoproclama ser "talvez o terceiro e mais estranho dos dois", leva-nos, em tom roufenho, a olhar admirados o que temos diante de nós: "Nada além de arte e mecanismo, nada além de papelões e engrenagens!".[5]

A arte aparece aqui melhor acompanhada do que até agora, mas — é o que salta aos olhos — ela está entre os seus, e é a mesma arte: a arte que já conhecemos. Valério[6] — este é só outro nome para o charlatão.

A arte, senhoras e senhores, com tudo o que lhe pertence e ainda pertencerá, é também um problema, um problema, como se vê, apto a transformações, de existência obstinada e longa, para não dizer eterna.

Um problema que permite a um mortal, Camille, e a alguém que se entende diante da morte, Danton, alinharem palavras e palavras. É fácil falar da arte.

Mas, quando se fala de arte, sempre há alguém que está presente e... não presta muita atenção.

---

[3] Citação de *Woyzeck*, cena 3, in op. cit., p. 162.
[4] Citação de *Leonce und Lena*, 3º ato, cena 3, in op. cit., p. 115.
[5] Op. cit., p. 115.
[6] Valério, personagem de *Leonce und Lena*, o bobo que vira Ministro.

Mais exatamente: alguém que escuta e espreita e contempla... e então não sabe do que se falava. Mas escuta quem fala, que o "vê falar", percebe a linguagem e a forma, e ao mesmo tempo também — e quem poderia negá-lo, no âmbito dessa obra? —, e ao mesmo tempo também respiração, quer dizer, direção e destino.

Essa pessoa, e vocês já sabem disso há muito, ela chega a todo novo ano, aquela tantas vezes e não por acaso tão citada — essa pessoa é Lucile.

O que acontece durante a conversa impõe-se sem consideração, entra conosco na praça da Revolução, "as carruagens chegam e param".

Os passageiros estão todos lá, Danton, Camille, os outros. Todos eles têm, aqui também, palavras, palavras artísticas, usam-nas corretamente, fala-se — e aqui Büchner só precisa citar — da ida-à-morte coletiva, Fabre quer até poder morrer "duplamente", todos estão à altura — somente certas vozes, "algumas" vozes (anônimas), acham que isso tudo "já existiu e [é] entediante".[7]

E aqui, quando tudo chega ao fim, nos longos momentos em que Camille — não, não ele, não ele próprio, mas alguém que o acompanhou —, em que esse Camille morre uma morte teatral — quase se é tentado a dizer: iâmbica —, a qual, só duas cenas adiante, a partir de uma palavra que lhe é tão estranha — e tão próxima —, percebe-a como sendo sua, quando em torno de Camille *pathos* e sentença confirmam o triunfo de "marionete" e "arame", eis de volta Lucile, cega para a arte, a mesma Lucile para quem a língua tem algo de pessoal e perceptível, mais uma vez lá, com o seu repentino "Viva o Rei !".[8]

---

[7] Em *Dantons Tod*, 4º ato, cena 7, in op. cit., p. 66.
[8] Em *Dantons Tod*, 4º ato, cena 9, in op. cit., p. 68.

Depois de todas as palavras ditas na tribuna (o cadafalso) — e que palavra!

É a antipalavra, é a palavra que rompe o "arame", a palavra que não se curva mais diante dos "pilares nem dos cavalos de batalha da História",[9] é um ato de liberdade. É um passo.

Certamente, isto soa — e pode não ser um acaso no que se refere àquilo sobre o que eu agora, hoje, ouso falar —, soa primeiramente como uma profissão de fé ao *ancien régime*. Mas aqui — permitam a ênfase de alguém que cresceu com as obras de Peter Kropotkin e Gustav Landauer —, aqui não se presta homenagem a monarquia alguma ou a um ontem a ser conservado.

Homenageia-se aqui a majestade do absurdo, que testemunha a presença do que é humano.

Isto, senhoras e senhores, não tem um nome fixo para todo o sempre, mas acredito que é... a poesia.

"... Ah, a arte !"[10] Como veem, parei nessa fala de Camille.

Estou absolutamente consciente de que se pode ler essa fala de um jeito ou de outro, pode-se acentuá-la de diversas maneiras: o agudo do hoje, o grave do histórico (também histórico-literário), o circunflexo — um sinal de expansão — do eterno.

Não me resta outra escolha: acentuo com o agudo.

A arte — "...ah, a arte": ela possui, ao lado de sua capacidade de transformação, ela possui também o dom da ubiquidade: pode ser encontrado também em *Lenz*, e também

---

[9] Referência a uma carta de G. Büchner à noiva, em março de 1834, na qual ele escreve: "(...) Não quero mais curvar-me diante dos cavalos de batalha e dos pilares da História. Acostumo meus olhos ao sangue. Mas não sou uma lâmina de guilhotina (...)", in op. cit., p. 256.

[10] Em *Dantons Tod*, 2º ato, cena 3, in op. cit., p. 33.

aí — permito-me enfatizá-lo —, como em *Dantons Tod*, como episódio.

"À mesa Lenz estava novamente de bom humor: falava-se de literatura, ele estava no seu domínio..."
"... A sensação de que tinha vida aquilo que era criado estava acima desses dois e era o único critério em matéria de arte..."[11]

Só pincei aqui duas frases; o peso na minha consciência com relação ao grave obriga-me a chamar imediatamente sua atenção — essa passagem tem, sobre todas as outras, uma relevância histórico-literária; deve-se saber lê-la juntamente com a já citada passagem em *Dantons Tod*; aqui se encontra a concepção estética de Büchner, a partir daqui se chega, abandonando o fragmento *Lenz* de Büchner, a Reinhold Lenz, o autor de *Notas sobre o teatro*,[12] e, passando por ele, ao Lenz histórico, retornando ao *Elargissez l'art* de Mercier, literariamente tão produtivo. Essa passagem abre perspectivas, antecipa o naturalismo, Gerhart Hauptmann, aqui se procuram e se encontram as raízes sociais e políticas da literatura de Büchner.

Minhas senhoras, meus senhores, o fato de não deixar de mencioná-lo até tranquiliza, mesmo que temporariamente, a minha consciência, mas ao mesmo tempo também lhes mostra (e com isso volta a incomodar minha consciência), mostra-lhes que não me livro de algo que me parece estar ligado à arte.

---

[11] Citação aproximada de *Lenz*, in op. cit., p. 75/76.
[12] Trata-se de Johann Michael Reinhold Lenz (1751-1792), um dos mais representativos dramaturgos do movimento *Sturm und Drang*, escreveu as "Notas sobre o Teatro" em 1774, um documento-manifesto do movimento a que pertencia e ratificação de sua veneração por Shakespeare.

Procuro-o também aqui, em *Lenz*, e permito-me apontar-lhos.

Lenz, isto é, Büchner, usa — "ah, a arte" — palavras muito desprezíveis para o "idealismo" e suas "marionetes de madeira". Ele lhes contrapõe — e aqui seguem as inesquecíveis linhas sobre a "vida do ser menor", as "comoções", as "alusões", "a mímica muito delicada, quase despercebida" — ele lhes contrapõe o natural e o individual. E então ilustra essa concepção da arte por meio de uma vivência:

"Quando ontem subia rente ao vale, vi duas moças sentadas numa pedra: uma amarrava seus cabelos no alto, a outra ajudava-a; e os cabelos dourados se penduravam, e um rosto sério, pálido, e ainda assim tão jovem, e o traje preto, e a outra tão cuidadosa. As mais belas e comoventes imagens da velha escola alemã quase não dão uma ideia do que vi. A vontade é de ser a cabeça de uma Medusa, a fim de poder transformar um grupo assim em pedra, e depois chamar as pessoas."

Prestem atenção, senhoras e senhores: "A vontade é de ser uma cabeça de Medusa", a fim de... compreender o natural como natural por meio da arte!

A *vontade* não significa aqui, claro: *minha vontade*.

Isso significa uma saída da esfera do humano, uma ida a um campo inquietante e voltado para o humano — o mesmo em que parecem estar acomodados a figura do macaco, os autômatos e com isso... ah, a arte.

Assim não fala o Lenz histórico, assim fala o Lenz de Büchner, assim ouvimos a voz de Büchner: aqui também a arte conserva para ele algo de inquietante.

Senhores e senhoras, acentuei com o agudo; quero enganá-los tão pouco quanto a mim mesmo sobre a questão da arte e da poesia — uma questão entre outras. Com essa questão devo ter ido ao encontro de Büchner, a partir de mim mesmo, não deliberadamente, para encontrar a sua questão.
Mas vocês vêem: o "tom roufenho" de Valério, nas vezes em que existe arte, não pode deixar de ser ouvido.
E Büchner leva-me a essa suposição: são velhas e velhíssimas inquietações. Está no ar o fato de me deter nisso com tamanha obstinação — no ar que respiramos.

Não haverá — pois agora devo perguntá-lo —, não haverá em Georg Büchner, no poeta da criatura, uma problematização da arte, talvez somente a meia-voz, talvez semiconsciente, mas nem por isso menos radical — ou justamente por isso radical no sentido mais estreito, uma problematização a partir dessa direção? Uma problematização para a qual deve voltar toda a literatura atual, se quiser continuar a questionar? Em outras palavras e saltando algumas: como agora acontece em muitos lugares, poderíamos partir da arte como algo já existente e um pressuposto incondicional, deveríamos sobretudo, para falar bem concretamente, digamos, pensar em Mallarmé até as últimas consequências?

Antecipei-me, ultrapassei-me — não longe o suficiente, eu sei —, e volto ao *Lenz* de Büchner, à — episódica — conversa tida "à mesa" e durante a qual Lenz "estava de bom humor".

Lenz falou por muito tempo, "ora sorrindo, ora sério". E agora, depois de terminada a conversa, diz-se dele, isto é, daquele que se ocupa de questões da arte, mas ao mesmo tempo do artista Lenz: "Ele se abandonara".[13]

Quando leio isso, penso em Lucile; leio: *ele*, ele próprio. Quem tem a arte diante e dentro de si se deixa abandonar (refiro-me aqui à narrativa de Lenz). Arte cria distanciamento do Eu. Arte exige aqui, numa determinada direção, uma determinada distância, um determinado caminho.

E a poesia? A poesia que ainda tem de tomar o caminho da arte? Então aqui de fato estaria tomado o caminho para a cabeça de Medusa e o autômato!

Não estou procurando uma saída agora, só questiono, na mesma direção, e, creio, continuando a direção apontada com o fragmento de Lenz.

Talvez — é só uma pergunta —, talvez a direção vá, como a arte, com um Eu abandonado para o inquietante e estranho, para se libertar — mas onde? mas em que local? mas com o quê? mas como o quê?

Então a arte seria o caminho a ser percorrido pela poesia — nem menos, nem mais.

Sei que há outros caminhos, mais curtos. Mas também a literatura às vezes se antecipa a nós. *La poésie, elle aussi, brûle nos étapes.*

Deixo o abandonado, o que se ocupa de arte, o artista. Acreditei ter encontrado em Lucile a literatura, e Lucile percebe a língua como figura e direção e ar: procuro, também aqui, nessa obra de Büchner, a mesma coisa, procuro o próprio Lenz, procuro-o — como pessoa, procuro sua figura: em nome do local da poesia, da liberação, do passo adiante.

[13] Em *Lenz*, in op. cit., p. 80.

O Lenz de Büchner, senhoras e senhores, permaneceu um fragmento. A fim de saber que direção tinha essa existência, deveremos procurar o Lenz histórico?

"Sua existência era-lhe um fardo necessário. — E assim foi vivendo..."[14] Aqui se interrompe a narrativa.

Mas a poesia tenta, como Lucile, ver a figura em sua direção, a poesia antecipa-se. Sabemos para onde ele *vai* vivendo, como *vai* vivendo.

"A morte", lê-se numa obra publicada em 1909 em Leipzig sobre Jakob Michael Reinhold Lenz, de um professor particular moscovita chamado M.N. Rosanow, "a morte como redentora não se deixou esperar por muito tempo. Na noite de 23 para 24 de maio de 1792 Lenz foi encontrado morto numa rua de Moscou. Foi enterrado à custa de um nobre. Seu último repouso permaneceu desconhecido."

Assim ele *seguira* vivendo.

Ele: o verdadeiro Lenz, o Lenz de Büchner, a figura de Lenz, a pessoa que pudemos notar na primeira página da narrativa, o Lenz que "em 20 de janeiro saiu pelas montanhas",[15] ele — não o artista e que se ocupa da arte, ele como um Eu.

Encontraremos agora talvez o local onde estava o estranho, o local onde a pessoa quis se libertar como um — estranho — Eu? Encontraremos um tal local, um tal passo?

"... é que às vezes lhe era incômodo não poder andar de cabeça para baixo."[16]

Quem anda de cabeça para baixo, senhoras e senhores, quem anda de cabeça para baixo tem o céu como abismo.

Minhas senhoras, meus senhores: hoje é comum repreender a poesia pela sua "obscuridade". — Permitam-me citar

---

[14] Op. cit., p. 89.
[15] Op. cit., p. 69, a frase inicial da narrativa.
[16] Op. cit., p. 69.

logo neste ponto — mas aqui algo não se abriu subitamente? — uma palavra de Pascal, uma palavra que li há algum tempo em Leo Schestow: *Ne nous reprochez pas le manque de clarté car nous en faisons profession!* — Isto, acredito, uma obscuridade — quando não congênita — então uma obscuridade atribuída à poesia, em nome de um encontro, a partir de uma distância ou estranheza (talvez por si mesmas delineadas).

Mas talvez haja, e numa mesma direção, duas estranhezas — uma bem ao lado da outra.

Lenz — isto é, Büchner — deu um passo adiante de Lucile. Seu "Viva o Rei" não é mais uma palavra, é um medonho silenciar, desvia-lhe (e a nós) a respiração e a palavra.

Poesia: pode significar uma mudança de ar. Quem sabe talvez a literatura percorra o caminho — também o caminho da arte — em busca de tal mudança de ar?[17] Talvez ela consiga, porque a estranheza, ou seja, o abismo *e* a cabeça de Medusa, o abismo *e* os autômatos, sim, parecem ir numa direção —, talvez ela consiga aqui diferenciar entre estranheza e estranheza, talvez justamente aqui definhe a cabeça de Medusa, talvez justamente aqui fracassem os autômatos — nesse momento único, breve? Talvez se liberte aqui com o Eu — com o eu *aqui* e *de tal forma* libertado e estranhado — talvez se liberte aqui ainda um Outro?

Talvez a partir daí o poema seja ele mesmo... e então pode, dessa maneira sem-arte, livre-da-arte, ir pelo seu outro caminho, isto é, o caminho da arte — e sempre ir?

---

[17] Com mais uma formação de palavras pouco usual, Celan antecipa o título de seu livro *Atemwende* (1967), aqui traduzido por *Mudança de ar*, mas sujeito a outras tantas interpretações, como de resto quase todos os seus outros títulos.

Talvez.

Talvez se possa dizer que em todo poema fica inscrito seu "20 de janeiro"? Talvez o novo nos poemas hoje escritos seja justamente isto: que aqui com maior clareza se tente ter em mente tais datas?

Não escrevemos nosso destino, nós todos, a partir de tais datas? E quais datas nos atribuímos?

Mas o poema fala! Tem em mente suas datas, mas — fala. Claro, ele fala sempre somente em prol de si mesmo e de mais nada.

Mas penso que — e essa ideia quase não pode surpreendê-los —, penso que sempre fez parte das esperanças do poema falar justamente dessa maneira também em prol de *estranhos* — não, não posso usar mais essa palavra —, falar justamente *em prol de Outro*; quem sabe, em prol de *Outro completamente diferente*.

Esse "quem sabe", para o qual me vejo chegar, é a única coisa que posso acrescentar às minhas velhas esperanças, por mim, hoje e aqui.

Talvez, é o que agora devo dizer, talvez se possa de vez em quando imaginar até um encontro desse "Outro completamente diferente" — utilizo aqui um conhecido advérbio — com um "outro" não muito distante, muito próximo.

O poema espera e espreita — uma palavra referente à criatura — em tais pensamentos.

Ninguém pode dizer quanto tempo ainda vai durar a pausa para respiração — a espreita e o pensamento. A "rapidez" que já estava "lá fora" ganhou velocidade; o poema sabe disso; mas dirige-se constantemente àquele "outro", que ele pensa ser alcançável, a ser libertado, livre talvez e nisso dedicado a ele, o poema — digamos: como Lucile.

Certamente, o poema — o poema hoje — mostra (e isso tem a ver, creio, embora só indiretamente, com as dificuldades — não subestimáveis — da escolha de palavras, com o rápido declive da sintaxe ou o sentido atento para a elipse), ele mostra uma forte e inegável tendência ao emudecimento.

Ele se afirma — permitam-me, depois de tantas formulações extremas, fazer mais esta —, o poema se afirma à beira de si mesmo; incessantemente ele chama e se busca, a fim de existir, de seu Já-não-mais em seu Ainda-e-sempre.

Esse Ainda-e-sempre só pode ser mesmo um falar. Mas não a linguagem pura e simples e supostamente também não somente a partir da palavra "analogia".

Mas a linguagem atualizada, libertada sob o signo de uma individuação até radical, mas ao mesmo tempo também consciente dos limites que lhe foram traçados pela língua, das possibilidades que lhe foram abertas pela linguagem, tendo em vista a individuação restante.

Esse Ainda-e-sempre do poema só pode ser encontrado no poema daquele que não esquece que fala sob o ângulo de incidência de sua existência, de sua criaturização.

Então o poema seria — mais claro ainda que até então — linguagem transfigurada de um indivíduo e, de acordo com a sua mais profunda essência, presente e presença.

O poema é solitário. É solitário e andante. Quem o escreve, a ele fica entregue.

Mas não existiria o poema justamente por isso, isto é, já aqui, no encontro — *no mistério do encontro*?

O poema quer o Outro, precisa desse Outro, precisa de um parceiro. Ele o procura, adequa-se a ele.

Cada coisa, cada pessoa é um poema que se dirige ao Outro, figura desse Outro.

A atenção que o poema tenta dedicar a todos que encontra, seu sentido mais aguçado para o detalhe, para o esboço, para estrutura, cor, mas também para as "comoções" e "alusões", tudo isto não é, creio, uma conquista do olho que rivaliza (ou corrivaliza) diariamente com o aparato cada vez mais perfeito, mas uma forma de concentração que sabe todos os nossos dados.

"A atenção" — permitam-me aqui, a partir do ensaio "Kafka" de Walter Benjamin, citar Malebranche —, "a atenção é a oração natural da alma."

O poema torna-se — e sob que condições! — o poema de alguém que — ainda — percebe, que se dirige ao que parece, questiona e pede informações a essa aparição; torna-se diálogo — muitas vezes um diálogo desesperado.

Somente no espaço desse diálogo se constitui o solicitado, reúne-se em torno do Eu solicitado e nomeado. Mas a esse momento o solicitado, e como que tornado Tu pela nomeação, traz consigo o seu Ser-Outro. Ainda no Aqui e Agora do poema — pois o poema tem sempre essa atualidade única, pontual —, ainda nessa imediatez e proximidade ele deixa dialogar o que é mais próprio deles, desse Outro: o seu tempo.

Quando falamos assim com as coisas, continuamos nos questionando sobre o seu De Onde e Para Onde: numa ques-tão "aberta", "que chega ao fim", que mostra o aberto e vazio e livre — estamos fora e longe.

O poema, creio, também procura esse lugar.

O poema?

O poema com suas figuras e tropos?

Senhoras e senhores, de que falo realmente, quando falo a partir *desta* direção, *nesta* direção, com *estas* palavras do poema — não, *daquele* poema?
Mas falo do poema que não existe!
O poema absoluto — não, ele certamente não existe, não pode existir!
Mas existe, sim, com cada poema real, existe, com esse poema despretensioso, essa questão imperiosa, essa pretensão inaudita.

E quais seriam então as figuras?

O percebido e o a perceber-se uma vez só e sempre uma vez e somente agora e somente aqui. E o poema seria com isso o lugar em que todos os tropos e metáforas querem ser levados *ad absurdum*.

Investigação topológica?
Certamente! Mas sob a luz do que será investigado: sob a luz da u-topia.
E o homem? E a criatura?
Sob esta luz.

Que perguntas! Que desafios!
Está na hora de voltar.

Minhas senhoras, meus senhores, estou no fim — voltei ao começo.
Elargissez l'art! Essa questão chega até nós com sua velha, com sua nova inquietude. Com ela fui até Büchner — acreditei reencontrá-la.

Também tinha pronta uma resposta, uma contrapalavra "lucílica", queria opor alguma coisa, estar aqui com minha contradição:
Ampliar a arte?
Não. Mas vá com a arte em sua mais particular estreiteza. E se liberte.
Também eu, aqui, em sua presença, tomei esse caminho. Era um círculo.

A arte, isto é, também a cabeça de Medusa, o mecanismo, os autômatos, o inquietante e tão dificilmente diferenciável, no fim das contas somente *uma* estranheza — a arte vai vivendo.

Duas vezes, em "Viva o rei" de Lucile e quando sob Lenz o céu se abriu em abismo, a mudança de ar pareceu existir. Talvez também quando tentei dirigir-me para o que era distante e ocupável, e que finalmente só ficou visível na figura de Lucile. E uma vez também chegamos, a partir da atenção dedicada às coisas e à criatura, perto de algo aberto e livre. E por último perto da utopia.

A poesia, senhoras e senhores: esse falar infinitamente de pura mortalidade, e para quê!

Senhoras e senhores, permitam-me, já que voltei ao começo, perguntar, brevemente e de uma outra direção, sobre a mesma coisa.

Senhoras e senhores, há alguns anos escrevi uma quadrinha, esta:

"Vozes da trilha de urtigas: / *Venha até nós sobre as mãos.* / Quem está só com a lâmpada / tem somente a mão para ler."[18]

---

[18] Segunda parte do poema inicial do livro *Sprachgitter* de Celan.

E há um ano, lembrando o encontro não acontecido em Engadin, escrevi uma pequena história, na qual eu fazia ir pela montanha uma pessoa "como Lenz".

Numa, como na outra vez, eu havia escrito a partir de um "20 de janeiro", do meu "20 de janeiro".

Encontrei... a mim mesmo.

Quando então se pensa em poemas, tomam-se tais caminhos com poemas? Serão esses caminhos somente des-caminhos, des-caminhos de ti a ti? Mas ao mesmo tempo são também, em tantos outros caminhos, caminhos nos quais a língua se torna sonora, são encontros, encontros de uma voz com um Tu perceptível, caminhos de criaturas, esboços de existência talvez, um antecipar-se para si mesmo, à procura de si mesmo... Uma espécie de volta à casa.

Senhoras e senhores, chego ao fim — chego com o agudo que tinha de acentuar, ao fim de... *Leonce und Lena*.

E aqui, nas últimas palavras sobre essa obra, devo ter cautela.

Devo proteger-me, como Karl Emil Franzos, o editor da *Primeira edição crítica e completa das obras de Georg Büchner e do Espólio manuscrito*, publicada há 81 anos na Editora Sauerländer, Frankfurt/M, devo evitar, como *o meu aqui redescoberto conterrâneo Karl Emil Franzos*, ler o "Commode", agora necessário, como se fosse um "Kommendes".[19]

---

[19] Na cena final de *Leonce und Lena* (op. cit., p. 118), Valério diz que, uma vez Ministro de Estado, entre outras coisas, pedirá a Deus uma *religião cômoda* [*commode Religion*]. Karl Emil Franzos, o organizador das obras de Büchner de que fala Celan, interpretou o galicismo de Büchner de forma equivocada, publicando as últimas palavras como *kommende Religion* [*religião que está por vir*].

Porém: não haverá justamente em *Leonce und Lena* essas aspas que sorriem invisíveis às palavras, que talvez queiram ser compreendidas não como "pezinhos de ganso", mas como "orelhinhas de lebre",[20] isto é, como algo que espreita a si e às palavras, não sem receio?

A partir daqui, ou seja, do "Commode", mas também sob a luz da utopia, empreendo — agora — a investigação topológica:

Procuro a região de onde se originam Reinhold Lenz e Karl Emil Franzos, a que encontrei no caminho até aqui e em Georg Büchner. Também procuro, pois estou novamente aqui, onde comecei, o local de minha própria origem.

Procuro tudo isso no atlas com um dedo muito impreciso, pois inquieto — num atlas infantil, como devo confessar.

Nenhum desses lugares é encontrado, eles não existem, mas sei onde eles, sobretudo agora, deveriam existir, e... encontro algo!

Minhas senhoras, meus senhores: encontro algo que também me consola um pouco pelo fato de ter tomado esse caminho impossível, esse caminho do impossível em sua presença.

Encontro a ligação e, como o poema, o que leva ao encontro.

Encontro algo — como a linguagem — imaterial, mas terreno, terrestre, algo circular, que volta a si mesmo sobre os dois pólos até — alegremente — cruzar os trópicos[21] —: encontro... um *Meridiano*.

---

[20] "Pezinhos de ganso" é a tradução literal do que em alemão significa "aspas". O jogo de palavras torna-se impossível em português.
[21] Celan faz aqui outro jogo de palavras com "tropos" e "trópicos", que em alemão têm o mesmo plural, *Tropen*.

NOTA BIOBIBLIOGRÁFICA

Paul A. Anschel, filho de judeus de língua alemã, nasceu em Czernowitz (Bukowina) em 23 de novembro de 1920. O pseudônimo Celan se origina da transformação anagramática do nome romeno Ancel. Na cidade natal, faz os estudos pré-universitários, para em 1938 iniciar a faculdade de Medicina em Tours (França), e um ano depois a de Romanística em Czernowitz, que em 1941 acaba ocupada por tropas alemãs e romenas. Celan é enviado a um campo de trabalhos forçados; seus pais morrem num campo de concentração.

Terminada a guerra, Celan começa a trabalhar em Bucareste como assistente editorial e tradutor, atividade em que se destacou ao longo de sua vida. Em Bucareste, traduz obras de autores russos (Tchecov e Lermontov, por exemplo). Em Paris, dedica-se à literatura francesa (Valéry, Rimbaud e Michaux, entre outros), além de vários poetas russos, como Ossip Mandelstam, sempre autores aos quais se sente ligado pessoal e/ou poeticamente. Em 1947 ele deixa a Romênia e vai para Viena, onde publica, no ano seguinte, o livro Der Sand aus den Urnen, *que manda recolher antes de mudar-se para Paris.*

Na capital francesa, estuda Germanística e Linguística. A partir de 1950, trabalha como escritor e tradutor. Em 1952 Celan se casa com a artista plástica Gisèle Lestrange, com quem tem o filho Eric, nascido em 1955.

A partir de 1952 começam a ser publicados os seus livros de poemas: Mohn und Gedächtnis, *daquele ano;* Von Schwelle zu Schwelle, *de 1955;* Sprachgitter, *de 1959;* Die Niemandsrose, *de 1963;* Atemwende, *de 1967;* Fadensonnen, *de 1968;* Lichtzwang, *de 1970. Em 1958 recebe o Prêmio Literário da Cidade de Bremen; em 1960, o Prêmio Georg Büchner de Darmstadt, cujo discurso de agradecimento está incluído no presente volume; em 1964, o Grande Prêmio Cultural de Nordrhein-Westfalen.*

Os últimos livros de Celan, no entanto, não encontram mais tanta ressonância de público. Os anos que antecedem sua morte se caracterizam por tendências autodestrutivas, mania de perseguição e surtos de amnésia. Paul Celan acaba por suicidar-se no rio Sena, em abril de 1970.

Em 1971 é publicado seu livro Schneepart, *organizado por ele antes mesmo de* Lichtzwang. *Uma reunião de poemas do espólio, sob o título* Zeitgehöft, *é publicada em 1976, assim como em 1985 seus primeiros poemas* (Gedichte 1938-1944), *numa época em que era claramente influenciado por Hölderlin, Rilke e Trakl. Em 1997, a Editora Suhrkamp reuniu os poemas do espólio sob o título* Die Gedichte aus dem Nachlaβ, *escritos ao longo de sua vida. Apesar da origem judaica, de ter nascido na Romênia e das décadas em Paris, Celan sempre se fez entender como "escritor alemão".*

Claudia Cavalcanti

Detalhe de foto com colegas de turma (1938).

Bucareste (1946).

Londres (Tower Bridge), com Nani e Klaus Demus (1955).

Paris (Rue de Longchamp), foto de Gisèle Celan-Lestrange (1958/59).

*OUTROS LIVROS
DESTA COLEÇÃO*

OS AMORES AMARELOS
Tristan Corbière

O BESTIÁRIO OU O CORTEJO DE ORFEU
Guillaume Apollinaire

ILUMINURAS - Gravuras coloridas
Arthur Rimbaud

MÚSICA DE CÂMARA
James Joyce

NAS INVISÍVEIS ASAS DA POESIA
John Keats

POEMAS
Sylvia Plath

POESIA
Mário de Sá-Carneiro

O NU PERDIDO e outros poemas
René Char

OBRA COMPLETA
Lautréamont

OBRA POÉTICA
Yves Bonnefoy

A PUPILA DO ZERO - EN LA MASMÉDULA
Oliverio Girondo

TRILHA ESTREITA AO CONFIM
Matsuo Basho

CADASTRO
ILUMINURAS

Para receber informações sobre nossos lançamentos e promoções envie e-mail para:

cadastro@iluminuras.com.br

Este livro foi composto em Times pela *Iluminuras* e terminou de ser impresso em junho de 2018 nas oficinas da *Meta Brasil*, em Cotia, SP, sobre papel Off white 80g.